Kräfte

August Stramm

Personen.

Ein Ehepaar.

Ihre Freundin und sein Freund.

I

Die Parkbäume spielen Schatten durch Fenster und Tür.

Sie am offenen Fenster, starrt hinaus, wendet jäh, stemmt die Faust.

Frauenlachen aus dem Park.

SIE *gurgelt, zisch, krampft.* So *Bebt ins Zimmer.* so! *Stürzt zum Spiegel, streicht Haar und Gesicht, wendet,* starrt hilflos, tonlos nachsprechig. schön unbeschreiblich anmutig.

Welke Blätter büscheln durchs Fenster.

SIE *rast, zertritt, stampft, schleudert.* Moder! *Erstarrt, nestelt ein Blatt aus dem Haar, hält die ausgestreckte Hand, versinkt.* wer? *Krallt das Blatt, schlägt die Luft, stößt den Fuß, erschrickt.*

Frauenlachen unter dem Fenster.

MANNSTIMME *lockt*. Schatz! Schatzi!?!

FRAUSTIMME *fragt*. Huhu?

MANNSTIMME. Hörst Du?

SIE *schüttelt Krampf.*

MANNSTIMME. Wir wollen reiten.

FRAUSTIMME. Herrlich.

MANNSTIMME. Die Herbstsonne.

FRAUSTIMME. Jetzt.

SIE *schraubt den Kopf zwischen beide Fäuste, wuchtet mühsam herum.* Ich … reite … zur Nacht … zur Nacht das Mondlicht.

FRAUSTIMME *lacht glücklich*. Nacht!

Hände klatschen.

FRAUSTIMME. Mondlicht.

SIE *knirscht die gekrampfte Faust zwischen die Zähne*. Rrrrsch.

FRAUSTIMME *beglückt*. Ich reite reite zur Nacht! Mondlicht.

Mannstimme lacht.

Sie starrt.

FREUNDSTIMME. Wir reiten alle.

Sie erwacht, ordnet das Haar, ruckt das Kleid.

MANNSTIMME. Zusammen.

FRAUSTIMME, MANNSTIMME, FREUNDSTIMME *jubelnd.* Zusammen.

Sie atmet, tritt gemessen zum Fenster.

Lachen draußen.

Sie fingert Blätter.

FREUNDSTIMME *lacht.* Überschütten.

FRAUSTIMME *übermütig.* Blätter!

SIE *scharrt Blätter vom Fensterbrett hinaus, trocken, hart.* Verwelkt! verwelkt!

FREUNDSTIMME *lacht.* Begraben!

SIE *erregt.* Nicht ... nicht ... nicht ...

FREUNDSTIMME. Im.

FRAUSTIMME FREUNDSTIMME *lachend zusammen.* Mondlicht?

SIE *fröstelt.* Es frostet *Tritt zurück.*

> *Er schwingt hoch und springt hinein.*
>
> *Sie schrickt die Hände entgegen.*
>
> *Lachen draußen.*

ER *reißt sie an sich, sieghaft.* Wer?

SIE *wehrt.* Du *Entwindet zum Fenster.*

ER *neben ihr, lacht.* Ich?

> *Sie weist hinaus.*

ER *lacht.* Sie laufen fort, ja! *Legt den Arm um.*

Sie entschlüpft, scharrt Blätter und liegt auf dem Diwan, die Hände unterm Kopf.

Er sitzt zu ihr, schäkert.

Sie wirft den Kopf zur Wand.

ER *beugt zärtlich.* Du?!

SIE *tonlos nachsprechend.* Un … be … schreiblich.

ER *forscht.* Was?

Sie jäht hoch und starrt.

ER *fährt übers Haar.* Liebe!

SIE *stößt ihn zurück, reißt ihn an sich, umschlingt.* Ich w i l l auch nicht.

ER *leicht erstaunt.* Was denn?

SIE *läßt schroff los und stapft zum Fenster.* i c h   w i l l !

ER *schaut verwundert, unruhig.* Was willst Du?

SIE. Die Sonne liegt auf den Baumwipfeln.

ER *tritt zu ihr, weich, besorgt.* Kind!

Sie strafft, wendet und forscht sein Auge.

ER. Kind!

SIE *hart.* Ich!

Er legt die Hand auf ihre Schulter.

SIE *wendet.* Brennen! *Greift ein Flakon vom Diwantisch und bespritzt ihr Gesicht.*

Freund und Freundin lachend, leicht erhitzt durch die Parktür.

FREUNDIN. Die Sonne!

FREUND *begeistert.* Zwischen den Bäumen.

FREUNDIN *blendet die Augen.* Es ist ganz dunkel hier.

SIE *schrillt.* Licht! *Schaltet ein.*

FREUNDIN. Ah!

Sie schrillt die Klingel.

FREUNDIN *tappt geblendet.* Jetzt bin ich g a n z blind *Fällt lachend in den Sessel.*

Diener durch die Flurtür bringt Tee.

SIE. So?

Schenkt ein und reicht halb wendend der Freundin die Tasse.

FREUNDIN *will nehmen.* Danke.

Sie kippt die Tasse um.

Freundin springt im Schrei.

Sie hält die Untertasse starr.

Er und Freund springen zu.

Freundin tupft das Taschentuch ans Kleid.

FREUND *hebt die Tasse.* Nicht zerbrochen!

SIE *lacht schrill kurz auf, nimmt die Tasse mit freundlichem Nicken, wird lebendig, tupft die Freundin mit der Serviette niederkniend.* Oh … ich …

FREUNDIN. Es ist nicht schlimm.

ER *tupft den Arm der Freundin.* Nicht der Arm?

SIE *beugt ganz tief und tupft ganz unten.* Ich bin untröstlich.

Er legt beruhigend flüchtig die Hand auf ihren Nacken.

SIE *schnellt wehrig heftig auf, dann sofort beherrscht.* Ja.

FREUNDIN. Ich geh nach oben.

ER *hastig, galant.* Dem Mädchen klingeln! *Öffnet die Tür und folgt der Freundin.*

Sie schaut den Freund an in Triumph.

Freund unsicher.

Sie schenkt ein und reicht lächelnd.

Freund tastet verwirrt.

SIE *lächelt.* Sie fällt nicht.

FREUND *nimmt und schlürft hastig. So?*

SIE *immer lächelnd, schenkt ein, stellt die Tasse auf den Diwantisch, sitzt, schaltet die Tischlampe und dreht das Dunkel des Seidenschirms auf ihr Gesicht, heiter.* Rauchen Sie?

Freund hastet die Zigarettendose vom Tisch und bietet ihr.

SIE *nimmt lächelnd.* Danke.

Freund hastet Feuer.

SIE *zieht langsam wohlig.* Danke.

Freund zündet eine Zigarette und schlenkert aus.

SIE *lächelnd langsam.* Sie werden Feuer stiften.

FREUND *starrt prüfig, rückt zusammen.* Ich brenne schon.

SIE *springt auf, reckt den Arm und geht zum Fenster.* Aah ... mein Mann ist ein guter.

Freund starrt nach.

ER *tritt ein.* So!

SIE. Der Mond.

ER *neben ihr.* Ja ... der Mond.

SIE *wirft die Zigarette verekelt. Äh Prüstelt Tabak, tritt zum Tisch und schlürft Tee.*

FREUNDIN *reitfertig.* Ich habe mich fertiggemacht.

SIE *schrofft die Tasse hin.* Nein.

Freundin und Freund betreten.

ER *bestürzt.* Was?

SIE *ruhig kalt.* Ich reite nicht.

Freundin starrt bestürzt umher.

SIE. Die Kälte.

Schließt das Fenster.

ER *ratlos.* Du.

Freund raucht nachdenklich.

Freundin sitzt, den Kopf auf der Brust.

Sie schauert und schließt die Parktür.

FREUNDIN *schluchzt verhalten.* Oh.

SIE *strafft.* Kind nein nein *Stürzt hinter den Stuhl der Freundin und armt.* so nicht, nicht, ich reite! ja! ich reite! *Erschöpft.* es ist heiß furchtbar heiß hier.

Er öffnet das Fenster.

SIE *zwingt die Freundin hoch und faßt sie unter.* Komm.

Freund öffnet die Parktür.

SIE *wendet in der Flurtür zum Freund matt, freundlich.* Danke schön danke.

Freund in der Parktür, stemmt die Hüften, pafft über die Schulter zur Flurtür nach.

Er boxt.

FREUND *wendet und schaut.* Wen wehrst Du?

ER *hört erschöpft auf.* Ja.

FREUND *steckt die Hände in die Tasche, gleichmütig.* Ja.

Er stürzt raus.

II

SIE *nestelt am Fenster.* Wer?

FREUNDIN *sitzt am Tisch, hebt das Glas.* Was fragst Du?

SIE *weicht aus.* Du hast Durst nach dem Ritt?

Freundin nickt und trinkt.

SIE *stellt fest.* Ja! das war das Glas meines Mannes.

Freundin schrickt das Glas hin.

Sie nestelt, wendet und blickt raus.

FREUNDIN *stört hoch.* Wer? wer?

SIE *dreht den Kopf und blickt auf sie.* An wen denkst Du?

FREUNDIN *erschrocken.* Ich ... ich ...

SIE *ruft in den Park.* Männer.

Freundin stammelt sprachlos.

ER *in der Parktür.* Wer vermißt mich?

SIE *ruhig.* Dein Glas.

Er lacht und streckt die Hand zum Glas.

FREUNDIN *hält ihm den Arm.* Nein nein.

SIE *zuckt verächtlich.* Kind *Geht zur Parktür.*

Freund tritt in die Parktür.

Freundin läßt seinen Arm los.

ER *verdutzt.* Und?

SIE. Könnt ihr keinen Scherz verstehn?

Teller klappern auf der Terrasse.

Sie nimmt den Arm des Freundes.

FREUNDIN *überhastig.* Ich gehe mit.

SIE *neckt zum Freund.* Sie will uns nicht allein lassen.

Freundin ratlos betroffen.

SIE *neckt zur Freundin.* Verraten.

ER *bietet der Freundin den Arm, neckt.* w i r gehen!

*Freundin schaudert, sammelt sich, nimmt hell auflachend den Arm
und springt mit Ihm an den beiden vorbei in den Park.*

SIE *lacht hinterher, faßt den Arm des Freundes fester.* Ich liebe sie.

Freund zuckt.

SIE *obenhin.* Ja.

FREUND *hilflos.* Ja.

SIE. Sie auch?

FREUND *stammelt.* Ich ... ah.

SIE *in heller übermütiger Lache.* Sie lieben den Mond.

FREUND *ratlos, verlegen.* Er scheint heute hell.

SIE *schaut in den Mond, nach einer Weile.* Sie haben scharfe Augen?

FREUND. Ich.

SIE *läßt seinen Arm, rückt einen Stuhl.* Ich bin müde *Sitzt, nach einer Pause erschöpft.* mein Mann findet sie unbeschreiblich anmutig.

FREUND *zuckt.* Wer?

SIE *gähnt leicht, gleichgültig.* Ja.

Freund tritt voll innerer Unruhe.

SIE *nach Pause gleichgültig.* Wer kommt da?

FREUND *späht gespannt.* Wer?

Sie beobachtet ihn.

FREUND. Nein.

SIE *spöttelt*. Ihre Augen.

FREUND *aufgeregt immer spähig*. Oh meine Augen sind scharf.

SIE *nach Pause lächelnd*. Auf wieviel Schritt schießen Sie ins Herz?

FREUND *jäht zu ihr um, hastet zu ihr, nimmt ihre Hand und küßt sie*. Ich bin ungezogen?

SIE *erhebt sich ruhig*. Galt das mir?

Freund starrt sie hilflos an.

Sie lacht schrill gell in die Nacht.

Aufschrei schrickt im Park.

SIE *tritt in die Tür.* Wer schrie da? so? so *Zieht ihn zu sich.* sehen Sie! *Ruft.* seid ihr da?

FREUNDIN *atemlos aus dem Park.* Oh oh *Stolpert und sinkt in einen Stuhl.* wer hat nur so ...?

SIE *beobachtet.* Seid ihr erschrocken?

ER *tritt hastig gezwungen lachend ein.* Es wird ein Kauz gewesen sein.

SIE *leicht spöttisch.* Ja ein Käuzchen, die Nacht hat euch erschreckt *Lacht.* ja die Nacht! *Faßt den Freund unter.* wir gehen das Käuzchen schrecken! *Lacht auf.*

FREUNDIN *hebt, starrt, horcht.* War das?

ER *beruhigt.* Es tut mir leid.

FREUNDIN. Sie? ich gehe nicht wieder *Kauert.* ich habe Furcht.

Er küßt ihre Hand.

FREUNDIN *entsetzt.* Wir wollen nie wieder gehn nie!

Er bietet eine Zigarette an.

FREUNDIN *nimmt.* Ja.

ER *gibt Feuer.* Die Ängste verpaffen! übrig bleiben Sie und ich! *Zündet an und wirft das brennende Streichholz durchs Fenster.*

Grelles Auflachen stiebt rein.

Freundin hoch, an allen Gliedern zitternd.

Er schrickt und starrt zum Fenster.

SIE *tritt lachend ein.* Kinder *Prüft ihr Kleid.* ihr habt mich angesengt beinahe.

Freund hinter ihr mit drohenden Augen.

SIE *lacht liebenswürdig.* Wir leben auch noch! ihr Feurigen.

FREUNDIN *erlahmt, stottrig.* O.

SIE *scherzt.* Was?

Freund stößt die Zigarette im Aschbecher entzwei.

SIE *schaut.* Sie Zerstörer.

FREUND *tritt zurück.* Ich?

SIE *weicht ab.* Wir alle *Wendet.* es ist gedeckt *Nimmt die Freundin untern Arm und schiebt sie zur Tür, gibt die Willenlose in der Tür lachend dem Freund, holt ihren Mann und geht mit ihm raus.*

III

Gedämpftes Licht.

Sie starrt in Gedanken.

ER *vom Park.* Ihr seid alle schnell vom Tisch? *Legt die Serviette hin.*

Sie streift langsam umständlich den Trauring und legt auf den Diwantisch.

ER *erstaunt.* Was tust Du?

SIE. Er tut weh.

ER *greift zum Ring.* Lassen wir ihn weiter machen.

SIE *hart.* Nein.

ER *betroffen.* Du ...?

SIE *trocken.* Er ist weit genug.

Er starrt.

SIE *immer bewegungslos den Rücken zum Fenster.* Wo sind sie?

ER *lacht befreit und schaut zum Fenster.* Sie werben.

Sie bewegungslos.

ER *wirbt zu ihr.* Sie werben! Du!

SIE *wehrt die Hand.* Still.

Freund und Freundin treten stumm ein.

SIE *lebhaft umschlagend.* Keine Furcht mehr draußen?

FREUNDIN *hart, gepreßt.* Ich.

SIE *scherzt.* Jetzt graust m i c h *Nimmt den Arm des Freundes und geht mit dem Freund in den Park.*

Freundin starrt nach den beiden um.

Er tritt auf sie zu.

FREUNDIN *wehrt entsetzt.* Schweigen Sie! nicht! nicht! nur schweigen! gleich lacht sie ... o gleich ...

ER *bedauert.* Das hat Sie erschreckt.

FREUNDIN *immer die Augen zurück.* Machen Sie heller hier.

Er schaltet Flammen ein.

FREUNDIN. Heller *Voll Angst und Beben.* ich will nichts gar nichts.

Er tritt neben sie und nimmt ihre Hand.

FREUNDIN *reißt los.* Lassen Sie! lassen Sie! ich spreche nicht! ich spreche *Tritt plötzlich fest auf.* ja *Stark.* ich verlobe mich! ich verlobe mich.

Er faltet die Hände.

FREUNDIN *hebt die Hand, horcht.* Da lacht? …

ER *läßt die Hände fallen.* Sie sind erregt.

FREUNDIN *entschlossen.* Ich will! doch! *Hastet in den Park.*

ER *ihr nach.* Hier! hier! Sie finden ja nicht!

Freund und Sie vor der Tür, starren den beiden nach.

SIE. Die haben Eile.

FREUND *starrt nach*. Ja.

SIE. Die haben uns nicht gesehen.

FREUND. Nein.

SIE *lebhaft*. Sehen Sie! sie laufen! laufen.

FREUND *unbeherrscht*. Ich.

SIE *lauert kalt*. O bis dahin treffen Sie nicht.

Freund erschrickt.

SIE *tritt in das Zimmer*. Die Luft ist aufgeregt.

FREUND *stapft gezogen nach. Ja Starrt in den Park.*

SIE *ruhig gleichmütig.* Weshalb erklären Sie sich nicht?

Freund wendet überrascht zu ihr.

SIE *lächelt.* Weshalb?

FREUND *starrt wieder in den Park.* Sie hat mich abgewiesen.

Sie spannt hoch.

FREUND. Vorhin! ja!

SIE *forscht.* Vorhin?

Freund nickt.

Sie nahe zu ihm, legt die Hand auf seinen Arm.

Freund zuckt zusammen.

SIE *weich anschmiegend.* Ich hasse.

Freund starrt sie an.

SIE *wehmütig.* Ja mein Mann.

FREUND *fährt um und starrt sie an, unbeherrscht sprachlos, packt derb ihren Arm.* Wer? wer?

SIE *blickt ihn ruhig an.* Ich.

FREUND *löst gebrochen, schwach.* Verzeihung *Stöhnt leise.*

SIE *in heller plötzlicher Angst, fleht*. Aber Sie dürfen nicht! ... nicht wahr ...? das tun Sie nicht! o! versprechen Sie! wenn Sie mich! etwas für mich! bitte! bitte.

Freund macht eine wehrige Handbewegung.

SIE *forschig bang*. Sie werden es nicht tun!

FREUND *schwach*. Ich habe kein Recht.

SIE *trotzend, forschig hart*. Recht?!

FREUND *weh*. Recht.

Schweigen.

SIE *schwach*. Ich leide so.

Freund küßt ihre Hand.

SIE *läßt ihm die Hand.* Mein Mann ist gut! gut Sie finden Ihr Glück! *Schweigen.* Gedanken! Peitschen! Stoßen! Grauen! alles verloren!

Freund spannt in den Park.

SIE *folgt seinem Blick.* Sie kommen *Läßt seine Hand los.* ihr tappt im Dunkel? wir sind in der Helle!

Er und Freundin treten nebeneinander ein.

ER *hastig.* Suchen wir suchten *Bricht ab, zum Freund.* D i c h .

Freund spannt hoch.

FREUNDIN *erschöpft.* Ich geh jetzt, ich bin müde, müde, ich kann nicht, unfähig *Schleppt ohne umblicken hinaus zur Flurtür.* ich kann nicht.

Er und Freund staunen hilflos nach.

SIE *kalt.* Jeder muß alleine tragen! alleine? *Setzt sich erschöpft.* es war zu viel heute *Scharf, spitz, gestrafft zum Freund.* o Sie ..?

FREUND *fährt aus Versunkenheit ertappt.* Ich ich.

SIE *erhebt sich ruhig fest zu ihrem Mann im Vorbeigehen.* Er hat mich angefaßt!

Er verständnislos.

Freund verständnislos.

SIE *reibt ihren Arm.* Ja angefaßt *Tritt zum Fenster, blickt in die Nacht.* ich sage nicht mehr.

Er spannt den Blick auf den Freund.

Freund strafft und steht dem Blick.

SIE *klammert das Fensterkreuz, schwach, weh.* Angefaßt, Gewalt.

Er begehrt auf.

Freund geht kalt an ihm vorüber zur Tür.

SIE *in fliegender Angst.* Nicht, nicht ihr tut das nicht, ihr schießt nicht, nicht schießen! nicht!

Freund steht in der Tür und blickt auf sie zurück forschig.

SIE *wirft grelle Lache auf den Freund.* Jetzt m ü s s e n Sie schießen! jetzt m ü s s e n Sie! m ü s s e n Sie! Sie m ü s s e n !

Freund zuckt, taumelt, hetzt in die Nacht.

SIE *am Fenster, ruft nach.* Sie! Sie! Sie!

ER *erwacht.* Was?! das?! was war das?! wo stehst Du? Du?!

SIE *kalt.* Ich steh auf m e i n e n Füßen.

ER *bäumt auf. Du!!*

SIE *blickt ihn kalt. Du!! Mann!!!*

Er schlägt die Hände vors Gesicht in Schluchzen.

Sie peitscht das Taschentuch in die Luft und den Ring vom Tisch, ballt die Faust, geht verächtlich vorüber.

Er die Hände vors Gesicht gekrampft geschüttelt.

IV

Die Diwanlampe leuchtet.

SIE *horcht die Hände gekrampft zur Tür.* Komm! kommen! *Schüttelt in Schluchzen.* lieb! lieben! *Kauert auf den Diwan.* komm kommen! komme! *Schweigt und spannt.* fühlen, fühlen! *Ringt die Hände zur Tür.* ich habe lieb! *Erblickt den Ring auf der Erde, stürzt, hebt hoch, betrachtet und steckt sorgsam wieder auf.* ich zieh ihn auf! ich ziehe ihn wieder auf *Zeigt die Hand ins Leere.* sieh, sieh ... *Preßt die Hände an die Schläfen und starrt zur Parktür.* oo! *Hetzt an die Tür, stößt mit Händen und Füßen die Nacht, zurückweichend.* nein Nacht! *Schiebt vorwärtsstemmend etwas hinaus.* kalt! *Wirft in der Tür die Hände hoch hinausgellend.* wiederkommen! n i c h t wiederkommen! *Preßt den Kopf besinnend.* Liebe Liebe *Lehnt die Tür, weich weh.* ich liebe! ja! *Schrickt auf und dreht die Faust der Tür.* Du! *Starrt entsetzt und wehrt mit beiden Fäusten.* stehen! stehn *Taumelt wirr in das Zimmer.* Wände! taumelt! *Schaut entsetzt umher, rast gegen die Wand und stapft mit dem Fuß dagegen.* stehen! steh! *Schleicht gebückt zum Diwan.* still! *Kauert angstgehetzt umherblickend zu den Wänden.* nicht laufen! laufen! so lauft doch nicht! *Springt auf und würgt sich die Hand an die Kehle.* das Gewürge! Gewürge! ihr würgt mich!

ER *tritt in die Parktüre mit Mantel und Hut.* Du bist h i e r .

SIE *schrickt furchtbar, fällt zu Boden, springt hoch, geht mit ausgebreiteten Armen auf ihn zu, stark.* O Du kommst! Du kommst! leben.

ER *ruhig.* Ich suche Dich.

SIE *umschlingt.* Nicht. Dich! Dich! Dich! Du!

ER *schaut sie an, ruhig.* Ich wollte für jeden Fall.

SIE *hält ihm die Hand auf den Mund.* Es ist alles nicht wahr! nicht wahr! nicht wahr!

ER *wiederholt mechanisch.* Nicht wahr.

SIE. Lüge! Lüge! gelogen! Lüge lügt!

ER *verständnislos*. Lügt.

SIE *immer leidenschaftlicher*. Hat er nicht gesagt? gesagt? nicht gesagt?

ER *ruhig*. Er schießt!

SIE *stemmt ab, taumelt zum Tisch und legt das Gesicht auf den Arm*. Ooo.

Er legt die Hand auf die Schulter.

SIE *springt auf stark visionär*. Du stirbst.

ER *streichelt sie weich*. Sterben.

SIE. Du.

ER. Lieben.

SIE *wirft um und klammert.* Du wirst nicht gehen.

ER *ruhig.* Ich gehe!

SIE *entwindet sich ihm jäh.* Du!

ER *armt weich nach ihr.* Du Du.

SIE *stößt ihn mit beiden Händen zurück.* Du Du Du! gehen! gehen! lügen! lügen! ich weiß nicht Wahrheit! wo lügt Wahrheit?

ER. Lügen?

SIE *weicht und stößt, zischt.* Ich hasse Dich *Gellt ihm ins Gesicht.* tot!

Er tritt einen Schritt zurück.

Sie lacht gellend auf und ordnet im Nacken das Haar mit beiden Händen.

ER *haucht.* Du bist ...! fasse Dich! *Hält ihr die Hand hin ruhig.* eine Weile.

Sie wendet ab.

ER *schließt den Mantel.* Wenn Du mich liebst.

SIE *jäh zu ihm.* Wenn Du mich liebst.

ER *hält ihr die Hand hin.* Das gilt die Karte.

Sie beugt über den Tisch, stemmt die Ellbogen auf und hüllt das Gesicht in die Hände.

Er küßt ihr Haar, geht schnell ohne umzublicken in den Park.

Sie fährt hoch, streckt die Hand ihm nach, setzt den Fuß und bleibt stehen. Ihre Haltung löst langsam.

SIE *matt schlaff gefangen.* Eine Weile *Peischt auf und wütet die Venus in dem Winkel zwischen Parktür und Flurtür.* fort! fort! *Hält inne.* nein! bleib! bleib! *Hetzt die Reitgerte vom Tisch und peitscht die*

Venus. runter! runter! kuschen! kusch! *Läßt erschöpft ab, schleudert die Peitsche fort, wendet und knirscht in Schauern.* nun fallt! fallt Wände! fallt! würgt! würgt! *Erstarrt, stützt die Faust auf den Tisch, spannt ab, schüttelt heiter den Kopf, leicht.* würgt!

Die Tür klopft.

Sie spannt hoch.

Freundin im Nachtgewand.

Sie starrt.

FREUNDIN *zaghaft.* Verzeih, ich hörte sprechen.

SIE *rauh.* Du? so spät in Nacht? so früh am Tag?

Freundin schauert, tritt ein und schließt die Tür.

FREUNDIN. Ich bin unruhig.

SIE *abwesend.* So so.

FREUNDIN *erschöpft*. Angst!

SIE *lacht kurz auf*. Angst!

FREUNDIN *erschrocken*. Du.

Sie lauscht in den Park.

FREUNDIN. Du horchst.

SIE *bezwingt*. Nichts.

FREUNDIN *hastig*. Stimmen gehen im Hause.

SIE *ruhig*. Nichts ist im Hause.

FREUNDIN *starrt*. Wo?

SIE *wirkt gleichgültig, ordnet den Diwantisch.* Er hat mich angefaßt.

Freundin verständnislos.

SIE *gleichmütig.* Ja der *Horcht wieder.*

FREUNDIN *aufgelöst.* Wer?

SIE *nickt.* Ja.

Freundin preßt die Hände auf die Brust und atmet schwer.

SIE *belauert wegwerfend.* Er liebt mich sagte er. Leidenschaft.

Freundin erhebt schwerfällig, taumelig.

SIE *lauert grausam.* Du liebst ihn? Du liebst? *Streichelt sie.*

Freundin sinkt auf den Stuhl zurück, wimmert.

SIE *beugt über sie, gespannt.* Verirrung nichts! Verirrung!

FREUNDIN *wimmert.* Unmöglich.

SIE *richtet hoch, kalt.* Unmöglich.

FREUNDIN *schreckgespannt.* Wo?

SIE *zurück kalt.* Ja die Männer.

Freundin erhebt sich und legt das Gewand fest um.

SIE. Was willst Du?

FREUNDIN *gefaßt.* Ich muß ihn sprechen.

SIE *lauert.* Ja?

FREUNDIN *ringt mit Entschluß.* Ich frage ihn.

SIE *lauert.* Fragen?

FREUNDIN *in wilder Erregung.* Es ist nicht, kann nicht sein, Verzweiflung.

SIE *höhnt.* Verzweiflung.

FREUNDIN *hart, stark.* Ja Verzweiflung *Geht zur Tür, fest.* ich frage ihn.

Zwei Schüsse flattern aus dem Park.

Sie zuckt furchtbar.

Freundin starrt, schaut auf sie, schreit, preßt die Hand vor den Mund.

Sie hält zitternd am Tisch.

FREUNDIN *haucht.* Was war das? das?

SIE *haucht.* Frage, frage.

Freundin verständnislos.

SIE *aufgerichtet, roh, selbstbewußt, gerechtfertigt.* Er hat mich angefaßt.

FREUNDIN *schreit, gell.* Du lügst.

SIE *dumpf drohend.* Lüge.

FREUNDIN *schreit.* Entsetzen!

SIE *reckt im Triumph.* O! mich! Dich mich! ich hasse! *Immer unbeherrschter, ungebändigter.* hasse! hasse! Liebe! Wahn! *Tobt dicht vor die Wehrlose.* wahr! nicht wahr! wahr! nicht wahr!

Freundin wendet jäh zur Flucht.

SIE *hält ihren Arm, erbarmungsvoll, weich, streichelnd.* Arme!

Freundin reißt los, taumelt, schleudert gegen die Tür, klammert die Venus, stürzt zu Boden, hetzt hoch und flieht durch die Tür aufgellend.

Sie starrt und starrt auf die Trümmer der Venus, hebt den Kopf hoch.

SIE *ins Leere.* Wer! *Horcht und horcht.* das müßte anders klingen! anders! anders! *Macht einen Schritt zur Parktür und horcht.* nicht, nein, anders *Schiebt Schritt um Schritt zur Tür hetzt dann in den Park.* anders.

V

Tag. Verhängte Fenster.

Toter aufgebahrt auf dem Diwan.

Sie kniet das Haupt auf dem Toten.

Freundin tappt hinein an den Türpfeiler gelehnt.

Sie hebt den Kopf, wendet langsam, mechanisch, faßt die Freundin ins Auge, fährt übers Gesicht.

SIE *erhebt mühsam, wankt auf die Zitternde, matt.* Ich rief, ließ Dich rufen.

Freundin bebt an allen Gliedern.

SIE *armt die Willenlose.* Zürnen, nicht zürnen, aufgeregt, erregt *Stärker und gefaßter.* ich bin wieder ruhig *Führt sie zum Stuhl, zwingt sie nieder, bleibt stehen, den Leichnam deckend.* wer weiß? was tut? meine Ängste, ich weiß was kommen mußte, handeln. Sehen. Das Selbst sieht sich zu. *Streichelt sie.* Du bist gut *Küßt die Erschauernde, tritt neben sie.*

*Freundin blickt den Leichnam, schlägt haltlos wimmernd den Kopf
auf den Tisch.*

SIE *streichelt tröstig, schreitet zum Leichnam, breitet die Arme und
schaut nach ihr um.* Hier hat er mich geliebt.

Freundin schaut unter Zwang.

SIE *wendet grausam.* Was w e i n s t Du?

Freundin hilflos faltet die Hände.

SIE *näher, drohend.* Sag was weinst Du?

Freundin sucht sich zu erheben, erstickt.

SIE *weich und matt.* Du sollst nicht weinen.

FREUNDIN *steht gestützt, weh.* Du hast mich lieb?

Sie zuckt heftig zusammen.

FREUNDIN *flehig.* Du.

Sie lacht grell.

FREUNDIN *in fliegender Angst.* Lachen?

SIE *lächelt, spielt die Finger.* Ich kann alles *Faßt wirr die Stirn.*

FREUNDIN *tritt auf sie zu und legt ihr die Hand auf die Schulter.* Arme.

SIE *erregt hastig.* Arme, ich bin arm, arm, ich war immer arm *Im Aufschrei.* ich habe nie was ich besitze.

FREUNDIN *tröstig.* Du mußt Ruhe haben.

SIE. Ruhe *Lehnt an sie.* Du hast mich lieb?

FREUNDIN *legt den Arm um.* Ich habe Dich lieb.

SIE *legt den Kopf auf ihre Schulter.* Wen hast Du lieb.

Freundin zittert.

SIE *hebt den Kopf fern.* Ich war immer arm, allein.

Freundin faßt ihren Arm.

SIE *bekräftigt.* Ja doch *Schauert, kühl, unberührt.* er hatte andere.

Freundin setzt sich erschüttert.

SIE *kühl, ruhig.* Du kennst ihn?

FREUNDIN *wankt auf, stammelnd, zitternd.* Der Tote, tot.

SIE *tritt zum Toten und deckt sein Gesicht auf.* Willst Du ihn sehen?

Freundin taumelt zurück und bebt auf den Stuhl.

SIE *kühl.* Du hast ihn doch im Leben gesehen *Kauert und küßt den Toten.* jetzt will sie Dich nicht mehr sehen *Klagt.* niemand sieht Dich mehr.

Freundin will sich erheben, graust zurück.

SIE *zeigt ihn.* Du kannst ihn doch ansehen, Du mußt ihn doch sehen *Streicht dem Toten das Haar glatt.*

FREUNDIN *durchgraust.* Was? Du?

SIE *unbeirrt.* Du hast ihn doch gesehen, daß er mich ansah.

FREUNDIN *die Hand auf die Brust gepreßt.* Du sprichst, Du sprichst.

SIE *erhebt sich.* Ich spreche.

FREUNDIN. Schweigen.

SIE *dreht um, fern, wiederholt.* Schweigen.

Freundin kämpft kraftlos.

Sie erhebt sich verächtlich.

FREUNDIN *erschüttert, gehetzt, springt hoch.* Zeig ihn, zeig ihn.

SIE *faßt ihre Hand.* Sieh.

FREUNDIN *starr vor dem Toten, haucht.* Sehen.

SIE *lacht grell.* Ich weiß, ich weiß.

FREUNDIN *reißt los.* Unsinn! Unsinn!

SIE *ruhig, fern.* Ich weiß, Unsinn *Lebhafter.* alles Unsinn *Fuchtelt wild.* wahr, alles wahr, *Preßt ihren Kopf zwischen die Hände.* alles Unsinn! *Preßt die Hände ums Herz.* alles wahr!

Freundin zittert.

SIE *stampft auf und blitzt sie an, stößt sie verächtlich von sich und setzt sich zu dem Toten.* So hab ich Dich gemordet!

Freundin hält mühsam am Tisch.

SIE *steht auf, hoheitsvoll vor ihr.* Nicht Dich! nicht Dich! *Greift ihr Handgelenk hart, zieht die Gesträubte.* er ist tot, Du hast einen lebenden Schatz, der m i c h will.

FREUNDIN *gellt auf.* Nein!

SIE *zerrt sie*. Ja! nein! *Hält fest, ruhig neben ihr, bannend.* was ist wahr? sag was ist wahr?

FREUNDIN *in Beben*. Warum hasst Du?

SIE. Ich hasse, hassen? *Lacht dumpf*. sieh seinen Mund, er küßt, o küßt!

Freundin sucht loszuwinden.

SIE *hält eisern fest*. Er hat geküßt, Männer küssen, wir müssen dankbar sein. Dankbar! *Packt hinter ihr den andern Arm.* Moder? die Lippen modern *Nimmt eisenfest die Hand auf ihr Haupt und beugt die Schreiende.* Du mußt nicht schreien. Küssen! Küssen lacht! er hat so gern geküßt, lachen! küssen! *Stößt die Verstummende auf die Lippen.* ich weiß, küsse, küsse *Wirft die Ohnmächtige hin.* pfui Du Metze, *Stößt den Fuß nach ihr.* küsset anderleuts Leichen *Beugt über sie.* Leichenküsse *Lauscht.* Du hörst mich nicht *Reißt sie an den Haaren hoch.* höre höre, ich habe viel zu sagen *Beugt über sie.* schön Du! unsagbar anmutig *Betrachtet die Liegende, tritt zum Spiegel, wischt über das Gesicht, tritt zu ihr.* nein, nicht bewußtlos, Freuden wachen *Gießt ihr Wein aus der Karaffe ins Gesicht.* wach auf! wach auf *Springt hoch, stellt die Flasche aus der Hand.* ja ja *Reißt die Lade des*

Diwantisches auf und stockt im Denken, hebt einen Revolver hoch. nicht doch! *Legt die Hand an die Stirn.* ich bin ja ich bin *Legt den Revolver zurück, lächelt bitter.* nein ich hab ihm nie welche zugeführt, wahr! Lüge *Sie spielt ein Messer.* die Augen, die Augen, Nacht *Sie klappt das Messer und nimmt es stichig, beugt und bewundert.* o Du bist schön, unsagbar anmutig, wirklich, hörst Du? und ich bin schön, er sagte es hundertmal *Im wehen Aufschrei.* ich hatte nie was ich besaß. Ich besaß niemals was ich hatte und was ich hatte, besaßen immer die anderen *Weint, fährt der Liegenden über Gesicht und Haar.* nein nein, Du sollst leben, wirklich leben *Wollüstig tastend.* Haut, Lippen, oh *Beugt tief und schneidet.* nicht küssen, niemals, niemals mehr *Wirft Schnitt und Messer durch die Vorhänge des offenen Fensters.* der andere *Beugt über sie.* Du bist schön, o anmutig *Breitet ein Tuch über das wimmernde Gesicht.* Du sollst nicht sterben, sterben *Preßt das Tuch an.* Du kannst Dich auch im Spiegel sehn, er liebt, er nimmt Dich doch. unsagbar, Totenkopf *Erhebt sich, blickt angstverzerrt umher, nimmt ein Glas, schenkt Wein und schüttet Pulver, die Augen weit in Fernen.* ein Tor, ein Tor *Schrickt zum Park.*

Hunde balgen.

SIE *lacht.* Die Hunde balgen Lippen *Hebt das Glas.* hörst Du? warte eine Weile *Gedanken überfallen.* Weile *Schaut auf die Liegende, beugt über und horcht.* atmen, atmen, Du *Stellt das Glas fort und packt sie wild in die Haare.* Du sollst nicht liegen hier, liegen, ich treffe mit ihm, treffe *Schleift in den Park.*

SIE *kommt wieder und trocknet lächelnd die Hände.* Ja geile Hunde *Nimmt die Hand des Toten, sitzt und betrachtet.*

Hunde heulen draußen.

SIE *lacht grell, trinkt, wirft das Glas in Scherben, greift stürzend seine Hand; über ihn.* Du, Dich, Ich.